You
Higashin
2
My own private
Otaku
2-C
森田
POUR PUBLIC AVERTI

# Menu ♡



**AVERTISSEMENT**

Conformément à la loi sur la protection des mineurs, ce livre est interdit aux moins de 18 ans. Tous les personnages représentés dans les scènes d'ordre sexuel dans ce livre sont âgés de plus de 18 ans. Aucun mineur n'a été utilisé comme modèle pour la création des personnages représentés. Portez des préservatifs en toutes circonstances !


ISBN : 978-2-82030-551-0

COLLECTION MAGAZINE BE×BOY

My own private
otaku
Version inscription en club
DOOOM
BADOOM
MORITA ?!
DOOOM
BADOOM
...
HAA...
HAA...
AH !!
ZOUIP
HAA...

JEU DE FLIPPER CRÉÉ PAR MORITA. "JEU DE DÉSHABILLAGE DE SAKURA (VERSION UNIFORME SCOLAIRE DE SPORT)"

My own private
otaku
Version inscription en club

# My own private otaku

HÉ !
REGARDE CE TYPE ! QU'EST-CE QU'IL EST BEAU ...
ON DIRAIT UNE CÉLÉBRITÉ !
Il est grand !
TU CROIS QU'IL ATTEND SA COPINE ?
Dis, dis !
J'espère pas !
ET SI ON ALLAIT LUI PARLER ?
Attention, quai numéro 3...
EXCUSE-MOI...
GLUPS
!!

JE M'APPELLE TAKASHI MORITA, 17 ANS.
ET JE SUIS CE QU'ON APPELLE, UN "OTAKU".
SÉRIE
DE CARTE TÉLÉPHONIQUE DU MAGAZINE
Vol 11
DEPUIS TOUJOURS, JE N'AI AIMÉ QUE LES JOLIES MINETTES EN DEUX DIMENSIONS.
JE NE M'ARRÊTAIS MÊME PAS SUR LES FILLES DU MONDE RÉEL. ET J'AI PASSÉ MON ADOLESCENCE AVEC LES HÉROÏNES D'ANIME.
À L'ASSAUT DE MOELAND
AFTER ← BEFORE
MAIS RÉCEMMENT, J'AI CONNU MON PREMIER AMOUR ET AI PRIS DES RÉSOLUTIONS : MODIFIER MON APPARENCE ET PASSER À AUTRE CHOSE.
CLACLANG
CLACLANG
DODOM

ET MAINTENANT...
HAA
HAA
DÉSOLÉ, MORITA !
JE SUIS EN RETARD ...
JE SORS AVEC CE GARÇON TROGNON ET ADORABLE, L'AMOUR DE MES RÊVES ...
MON CAMARADE DE CLASSE, JUNPEI SAKURA (UN TYPE NORMAL) QUI M'A TRANSFORMÉ EN UN COMPLET "OTAKU DE SAKURA".
MORITA
HIER SOIR, JE SUIS RESTÉ DEVANT LE PROGRAMME DE NUIT SANS POUVOIR DÉCROCHER ...

CRACLANG
OUAAAH !
Aïe...
!!
DODOM
AH ...
ARRÊT...

En même temps, ce présentateur...
Ho ! Tu m'écoutes ?!
NOUS ALLONS DANS LE MÊME LYCÉE ET PARTAGEONS LA MÊME VIE ÉTUDIANTE.
CLANG
HELLO !
TES FRÉQUENTATIONS SE DÉGRADENT, DERNIÈREMENT ...
EH BEN, NISHINO ?
T'ES JALOUX PARCE QUE JE N'AI PAS ASSEZ PRIS SOIN DE TOI, RÉCEMMENT ?
Hein ?
GYAAH HA HA HA !
YO !
SAKURA !
ENCORE ACCOMPAGNÉ DE MORITA ?

...
Sakura... Il est trop chou...
MAIS IL EST JALOUX QUAND MÊME...
LES JOURS S'ÉCOULENT COMME DANS UN RÊVE ...
GROUCH
PAUSE DU DÉJEUNER
...
GROUCH
SAKURA, TU AS DE LA CRÈME SUR LES LÈVRES ...
MOM MOM
HM...
SLURP
!!
DODOM

OURGH...
?
MO-RITA ?
CORVÉE DE NETTOYAGE
CE QUE C'EST CHIANT DE FAIRE LE MÉNAGE !
DÉJÀ QU'À LA MAISON, LA VIEILLE ARRÊTE PAS DE ME CRIER DE RANGER MA CHAMBRE ...
DODOM

HÉ !
NON, MAIS, TU M'ÉCOUTES, MORITA ?
AH !
!!

EUH...
BAM
OUI, OUI !
J'EMMÈNE ÇA À L'INCINÉRATEUR !
HEIN ?!
ATT... MORITA ?!
AH,
...
APRÈS LES COURS

FATIGUÉ DE FANTASMER
...
J'ai chaaaud !
ON EST BIENTÔT EN SEPTEMBRE, POURTANT !
CE SERAIT BIEN, S'IL POUVAIT PLEUVOIR UN PEU ...
Ah ouais, mais il ferait super humide...
FLAP
FLAP
FLAP
!!
DODOM
Auh... C'est chiant !
DODOM
BADOM
...
DODOM
BADOM

GRAP
SAKURA ...
OUI ?
FUH...
IL ME FAIT... VRAIMENT CRAQUER...
...
J'AI CONFECTIONNÉ DE NOUVEAUX COSTUMES ...
TU VEUX BIEN... VENIR À LA MAISON LES ESSAYER ?

MON BEAU SA-KURA ...
IL EST MON ANGE ENVOYÉ SUR TERRE PAR DIEU...
COMME SI J'AVAIS LE CHOIX.
...

COSTUME MADE BY MORITA : LA FEMME NINJA (KUNOICHI)
TU COMPTES RESTER LÀ À ME REGARDER ENCORE COMBIEN DE TEMPS ?!
C'EST QUE DANS CETTE TENUE DE KUNOICHI ...
TU ES ENCORE PLUS BEAU QUE CE QUE J'IMAGINAIS ...
RIEN QU'À TE REGARDER ...

HUMPF ...
POUIC
Morita ?!
GLOUPS
AH ...
TCHUCK
HA...
REGARDE TON SEXE ...
ZOUF
ZOUF
IL BANDE DÉJÀ ALORS QUE JE NE FAIS QUE TE REGARDER ...
HAA...
CRÉTIN ...
ZOUF
AH !

ZOUIC
ZOUIC
...
GLUPS
SLURP
AH ...
SMLURP
SMLURP
ZOUF
AH ...
KKH ...
PUIC ぷくく... PUIC
KH ...
HAA...
BRRR ぶる...
BRRR ぶる

GRIP
SAKURA ...
TU ES TROP CRAQUANT !!
AH !!
SAKURA ...
GWIP
...
GWIP
Att...
ATTENDS ...
HAA
HAA
ATTENDS, MORITA ...
SHWIF

FLAP
...

SA-KURA …
GLUPS
SHLAC SHLAC
NE BOUGE PAS, MORITA …
UN DES RÔLES DES KUNOICHI ÉTAIT DE RENDRE FOU LEUR PARTENAIRE AFIN DE LEUR FAIRE BAISSER LEUR GARDE, NON ?
NOTE : SAKURA FAIT RÉFÉRENCE AU FAIT QUE LES FEMMES NINJA UTILISAIENT DES DÉGUISEMENTS TELS QUE CELUI DE GEISHA POUR CHARMER LEUR CIBLE ET LEUR COUPER LA TÊTE PENDANT LEUR SOMMEIL…
POUITCH
HUMPF …

SMLUTCH
SST
SST
FLOUTCH
HM ...
GH..
FLOTCH
KKH ...
...
HAA..

HUM ...
PUITCH
FLOTCH
FLOTCH
FLOUCH
FLOUTCH
AH ...
GNN...
SAKURA ...
Tu es si étroit...
DODOM
DODOM
HAA...
SAKURA ...
GRIP
AAH...

C'EST SI BON QUE J'EN MOURRAIS...
DIS, MORITA ...

QU'EST-CE QUE TU FAIS QUAND TU ES TOUT SEUL, D'HABITUDE ?
C'est quoi, tes loisirs ?
AH, ÇA ! C'EST FACILE, JE...
CRÉATION D'ALBUMS PHOTO
SAKURA
SAKURA 5
MONTAGE DE DVD DE SAKURA
OBJETS QU'A UTILISÉS SAKURA
COLLECTION DE GOODIES DE SAKURA

CAVERNE AUX MERVEILLES
NOTE : LA DERNIÈRE FOIS QUE SAKURA A SU CE QU'IL FAISAIT, IL A DEMANDÉ À MORITA DE TOUT BALANCER, MAIS IL N'A PAS PU SE RÉSOUDRE À S'EN SÉPARER. C'EST AINSI QU'IL A CRÉÉ UNE PIÈCE SECRÈTE POUR EXPOSER TOUS LES GOODIES DE SAKURA.
SAKURA
JE NE PEUX PAS LUI DIRE QUE MES LOISIRS TOURNENT UNIQUEMENT AUTOUR DE LUI !
ENTRÉE (PASSAGE SECRET)
...
DIS, MORITA ...
EST-CE QUE TU SAIS CE QUE J'AIME... OU CE QUE J'AIME FAIRE ?
DODOM

CALEÇON DE SAKURA
SHAAAA
Il...
IL EST AU COURANT, OU QUOI ?!
MORITA AVAIT DÉJÀ MENÉ UNE EN-QUÊTE POUR RÉCOLTER LES INFORMATIONS DE BASE, À SAVOIR LA DATE DE NAISSANCE DE SAKURA, CE QU'IL AIME MANGER, CE QU'IL PORTE COMME SOUS-VÊTEMENTS.
CERTIFICAT D'ÉTUDES
SAKURA JUNPEI
Sans carotte, s'il vous plaît !
Bah alors, Sakura, tu vas pas grandir si tu e manges pas de tout ! (rires)
EUH ...
NON...
C'EST QUE...
HM...
...

TU...
AH !
TU NE ME REGARDES PAS VRAIMENT, EN FAIT ...
HEIN ?
SAKURA ?
QU'EST-CE QUE TU VIENS DE DIRE ?
Qu'est-ce que tu as ?
IDIOT ...

RIEN DU TOUT !
CRÊTIN DE MORITA !!
BAM
TAP TAP
ARGHooo

C'ÉTAIT INÉVITABLE...
COMMENT SAKURA, UN ÊTRE AUSSI MERVEILLEUX...
POUVAIT-IL CONTINUER DE M'AIMER MOI, QUI N'AI RIEN D'AUTRE QUE LUI COMME PASSION...
ZZZOUUUU
TAC
SAKURA Vol.7

CLONG
QUAND J'AI DU TEMPS POUR MOI, JE NE PENSE QU'À LUI…
JE N'AI AUCUN LOISIR DIGNE DE CE NOM.
MÊME SI J'AI MODIFIÉ MON APPARENCE, RIEN N'A CHANGÉ À L'INTÉRIEUR, JE RESTE UN OTAKU…
DIS MORITA, (…) C'EST QUOI, TES LOISIRS ?
CLING CLING…
VISION DE MORITA
PAF
C'EST ÇA !!

PARTOUT DAN
LE MONDE, DÈ
QU'UN HOMM
SE JETTE COR
ET ÂME DANS
UNE ACTIVITÉ
IL DEVIENT
PLUS ATTIRAN
!
CETTE FOIS, JE VAIS FAIRE EN SORTE DE DEVENIR UN HOMME DIGNE DE SAKURA !
DODOM

RAYONNANT
BONJOUR, SAKURA !
EUH HUM
SAKURA !
Salut !

JE NE POURRAI PLUS FAIRE LE TRAJET AVEC TOI AVANT ET APRÈS LES COURS.
HEIN ?
POURQU...
AH !
MONSIEUR, EXCUSEZ-MOI !
OH !
QU'EST-CE QU'IL Y A, MORITA ?
TENEZ ...

JE SOUHAITE M'INSCRIRE AU CLUB D'ATHLÉTISME.
FORMULAIRE D'INSCRIPTION
CLUB
CLUB D'ATHLÉTISME
CLASSE
1re
C
NOM
TAKESHI MORITA
!!

→ INFIRMIÈRE

→ COSTUME PLAY

→ MOE

→ MAID

→ PRÊTRESSE

→ OREILLES DE CHAT

→ LUNETTES

# My own private → otaku

-> INFIRMIÈRE

-> COSTUME PLAY

-> MOE

-> MAID

-> PRÊTRESSE

-> OREILLES DE CHAT

-> LUNETTES

My own private otaku

My own private
otaku
Version Sakura
HAA...
HAA...

-> INFIRMIÈRE

-> COSTUME PLAY

-> MOE

-> MAID

-> PRÊTRESSE

-> OREILLES DE CHAT

-> LUNETTES

My own private
-> otaku

KYAAAH !
GYAAAH
Moritaaa !
...
ARGH... SAKURA ...

CLAC
ALLEZ...
C'EST POUR QUE SAKURA ME TROUVE TROP CLASSE QUE JE FAIS TOUS CES EFFORTS !!
KYAAAH ——— !♡♡
DING
CE SERA TOUT POUR AUJOURD'HUI ...
Je ferai une interrogation écrite la prochaine fois, donc révisez bien !
QUOIII ?!

ENFIN ...
BRRR ぶる
BRRR ぶる ...
C'EST LA PAUSE DÉJEUNER ...
Sakura...
SAKURA ...
AAAH
LE DOUX PARFUM DE SAKURA ...
ON MANGE OÙ CE MI...
CLANG ガタン ...
NISHINO !!
TU VAS À LA CANTINE, CE MIDI ?
On y va ?
EUH... OUI...
ALLEZ, SI ON NE SE DÉPÊCHE PAS ON N'AURA PLUS DE PLACE !

ÇA Y EST ? SAKURA EN AURAIT MARRE DE MOI ?!
VAF

IMPRESSIONNANT, MORITA !
Tu as une sacrée détente !!
MAIS ON VA ESSAYER DE VOIR QUELLE SPÉCIALITÉ TE CORRESPOND LE MIEUX.
IL FAUT À TOUT PRIX QUE JE CHANGE L'IMAGE QUE SAKURA A DE MOI ...
JE VEUX QU'IL PENSE QUE JE SUIS UN HOMME, UN VRAI, BOURRÉ DE CHARME ET QUE MA VIE NE SE RÉSUME PAS À LUI !!
RIEN QUE DE PENSER À UNE VIE SANS SAKURA, MON CŒUR S'ARRÊTE.

JE VEUX ENCORE POUVOIR LE TOUCHER ...
JE VEUX ÊTRE AUPRÈS DE LUI POUR TOUJOURS ...
ET POUR ÇA, JE DOIS TOUT DONNER ...
ABSOLUMENT ...
TOUT !

BAM
PUTAIN !!
Saleté de machine !
HA HA HA !
EH BEN, SAKURA ! T'ES DE MAUVAIS POIL ?
C'est pas ton jour ?
HMPF
LA FERME, NISHINO !

Crétin !
ARRÊTE ÇA !
SAKURA EST SUR LES NERFS, CES DERNIERS TEMPS !!
Es-pèce de...
C'EST À CAUSE DE MORITA, NON ?
Franchement, vous êtes plus des gosses, rabibochez-vous !
Aïe aïe aïe...
Stop, stop !
C'est ça...
ÇA N'A RIEN À VOIR AVEC CE CRÉTIN D'OTAKU !
HUMPF
TAH ! TAH !
TIC
DEATH FIRE !
"SAKURA !"

"JE NE POURRAI PLUS FAIRE LE TRAJET AVEC TOI AVANT ET APRÈS LES COURS."
'TAIN, MORITA ...
YOU LOSE !!
POURQUOI TU NE M'AS RIEN DIT DE PLUS !!

HÉ, ÉCOUTE ÇA, SAKURA !
J'EN CONNAIS UN QUI VIENT DE ROMPRE AVEC SA COPINE !
QU'EST-CE QUI S'EST PASSÉ, NISHINO ? Y A PAS SI LONGTEMPS, TU NOUS BASSINAIS AVEC TA RIKA ...
OUI, MAIS ...
ELLE EST DEVENUE SUPER LOURDE, DERNIÈ-REMENT ...
J'SUIS UN MEC EN PLEINE PUBERTÉ, J'AI DES ENVIES. C'EST NORMAL QUE JE VEUILLE LE FAIRE À CHAQUE FOIS QU'ON SE VOIT.
MAIS ELLE ARRÊTAIT PAS DE SE PLAINDRE QUE JE PENSAIS QU'À ÇA. ET PUIS, ELLE ME DEMANDAIT CONSTAMMENT OÙ JE VOULAIS ALLER, CE QUE JE VOULAIS FAIRE ...
ET LE PIRE, C'ÉTAIT SES "EST-CE QUE TU M'AIMES VRAIMENT ?"
Comment tu veux sortir avec une fille pareille ?!

Wild
DONKEY KONGA
2P
Allons, allons...
...

BONNE SOIRÉE !
OUAIS !
Bonne soirée !
!!

SAKURA ?
AUJOURD'HUI, MOI AUSSI J'AI FINI TARD ...
ÇA FAIT LONGTEMPS QU'ON N'EST PAS RENTRÉS ENSEMBLE.
DODOM
DODOM
DODOM
DODOM

C'EST VRAI ...
Bonjour !
HAMBURGER À VOLONTÉ
...
TCHAK TCHIK
...
VISION DE MORITA
HMM...
BRR ぶる
BRR ぶる
...!
GLUP
ÇA FAISAIT LONGTEMPS QUE JE N'AVAIS PAS VU SAKURA D'AUSSI PRÈS...
IL EST TROP MIGNON...
...
GWIP

D... DIS... JE... JE NE T'INTÉRESSE PLUS ?
JE SUIS DEVENU UN POIDS POUR TOI ?
HEIN ?
DE... QUOI ?
TU T'INSCRIS AU CLUB D'ATHLÉ DU JOUR AU LENDEMAIN ...
TU FAIS COMME SI DE RIEN N'ÉTAIT, ALORS QUE TU SAIS QUE JE SUIS EN COLÈRE CONTRE TOI.
HAMBURGER À 680
...
GRR
...

DIS QUELQUE CHOSE !
OU ALORS C'EST VRAIMENT QUE TU N'ES AVEC MOI QUE POUR LE CUL ?!
JE T'AI DIT QUE TU NE SAVAIS RIEN SUR MOI ET TU N'AS MÊME PAS CHERCHÉ À EN APPRENDRE PLUS !
...
C'EST À SE DEMANDER SI JE T'AI INTÉRESSÉ AU MOINS UNE FOIS DEPUIS QU'ON SE CONNAÎT !

JE FAIS QUOI...
SON VISAGE EN LARMES EST TELLEMENT...
AH
MAIS À QUOI JE PENSE, MOI ?!
ARGH !
PARDON, JE REVIENS ...
!!
J'AI FAIT PLEURER SAKURA...
!!
CLANG
HAMBURGER À
TAP TAP
TAP TAP

Bonjour !
HA HA HA !
Et tu sais...
...
DOM DOM
DOM DOM
BAM

TAP
TAP
TAP
TAP
LA CONVERSATION N'ÉTAIT PAS TERMINÉE !!
VLAN
!!

PUIIC
SPLOCH
MORITA... QU'EST-CE QUE ...
TU FOUS ?

ÇA Y EST ! C'EST FOUTU !!
JE VOULAIS QUE TU RETOMBES AMOUREUX DE MOI !
ALORS, POUR QUE TU POSES UN REGARD NEUF SUR MOI, JE ME SUIS INSCRIT AU CLUB D'ATHLÉTISME.
JE PENSAIS POUVOIR PRENDRE SUR MOI EN TE VOYANT MOINS POUR ÊTRE MOINS EXCITÉ ...
MAIS ÇA M'EST IMPOSSIBLE !
TOUS LES JOURS ET TOUTES LES NUITS, JE NE PENSE QU'À TOI, J'AI ENVIE DE TOI !!
MÊME EN TE VOYANT PLEURER...
ET POUR TOUT TE DIRE, JE SAIS DÉJÀ TOUT DE TOI ...
PAR EXEMPLE ...

TU ES NÉ LE 11 MAI, TU ES TAUREAU,
ON GROUPE SANGUIN EST B. TU MESURES
1,72M - TU PÈSES 56KG. TES MENSURATIONS
SONT 81-65-82. TU AS 9/10 À L'ŒIL DROIT
10/10 À L'ŒIL GAUCHE. TU CHAUSSES DU 39.
ATS PRÉFÉRÉS SONT LE PAIN AUX NOUILLES
ÉES, LE LAIT FRAISE, LA CHANTILLY, LES
NS AU PIMENT DU RAIRAIKEN. TU N'AIMES
S LE POISSON CRU, LES CAROTTES,
DANS LE CURRY TU PRÉFÈRES LA SAUCE
S COULEURS PRÉFÉRÉES SONT LE BLEU
NC. LES MINES DE CRAYON DE PAPIER
TILISES SONT DES 2B. LES MATIÈRES
ESQUELLES TU ES DOUÉ SONT LES
ET LE SPORT. TES RÉSULTATS AUX
PHYSIQUES DE CETTE ANNÉE SONT :
38 KG, TRACTIONS - 45, PARCOURS
6,28S. LES MATIÈRES QUE TU N'AIMES
SONT LA LITTÉRATURE CLASSIQUE ET
ART CLASSIQUE AUXQUELS TU AS
TOUJOURS DES NOTES ASSEZ
JUSTES À LA LIMITE DU...

TES LOISIRS SONT LA LECTURE (SURTOUT LES MAGAZINES DE MODE) ET LES JEUX DE BASTON (TU N'AIMES PAS LES JEUX DE STRATÉGIE, TU TROUVES QUE CE N'EST PAS INTÉRESSANT). TON PARFUM DE GLACE PRÉFÉRÉ EST MENTHE-MANGUE. TES SOUS-VÊTEMENTS PRÉFÉRÉS SONT CEUX DE CALVIN KLEIN. QUAND TU TE LAVES, TU COMMENCES TOUJOURS PAR TON BRAS GAUCHE (TU N'UTILISES QU'UNE ISETTE DE SHAMPOING) POUR TE FAIRE ES ABDOS, TU EN FAIS UNE VINGTAINE VANT DE DORMIR, TU SO AUSSI 20 ALTÈRES DE OUS S JOURS, QU EN IS-VÊTEME PEUX R SI O LES TÉTONS. TU C GAZINES COCH LIT ET...
WAAAAH!!

...
JE N'AI PAS CHANGÉ ...
MA VIE T'EST ENTIÈREMENT DÉVOUÉE ...
EN PLUS D'ÊTRE UN OTAKU, JE SUIS UN OBSÉDÉ QUI NE PENSE QU'À TOI !
...

...
JE LE SAIS BIEN, VA !
JE LE SAIS MÊME DEPUIS LE DÉBUT ...
MOELAND
No. 17
GROS SUCCÈS !

CE QUE TU PEUX ÊTRE BÊTE, MORITA ...

C'EST ÇA QUE J'AIME LE PLUS CHEZ TOI ...
...
...
...
AH... ARRÊ... ATTENDS !
TCHUK
TCHUK

AH... GNNH ...
ARRÊTE ...
KH,
JE N'EN ...
AH,
HM ...
OUPF...
TCHUK
AH... AH !
PLUTCH
TCHUK
GLUTCH
PUIC
DODOM
!!

!!
HAA...
HAA...
GRIP
GLUPS
SAKURA ...
HAA
HM ...
JE T'AIME, SAKURA ...
SA-KURA ...
HU... HUM ...
HM ...
HAA
HAA
BAM
HAA ...
HM
HAA AH
HM

TCHUK
GNN
GNN
AH AH !
OUI... AH !
HUM... GNN !
CLAC
GLURPS
VLAM
...

...
HM..
SHAAA
PUIC PUIC
GH ...
SHOUF
!!
SHAAA
BRR
BRR

GNN ...
URGH!
FLOUTCH
FLOTCH
BAM
AH !!
HAA
HA
HAA
BAM
BAM
BAM
SA-KURA ...
KH!
HAA
BAM
BAM
AAH... HM !
Je n'en peux plus ...
BAM
FLOUTCH
GNN ...
AH..

AAAH...
LE LENDEMAIN... ILS RETROUVÈRENT LEUR QUOTIDIEN REMPLI D'AMOUR ...
"T'AS TROP LA CLASSE, QUAND TU COURS..."
C'est ça ! Vas-y, Morita !
KYAAAH !
MORITA CONTINUA L'ATHLÉTISME GRÂCE AUX ENCOURAGEMENTS DE SAKURA.
IL SE PRIT MÊME À RÊVER DE COMPÉTITIONS.
Bonne soirée !
À plus !
ET PUIS ...

CLANG
DÉSOLÉ DE T'AVOIR FAIT ATTENDRE, SAKURA !
T'EN AS MIS DU TEMPS, MORITA !
LEUR AMOUR AUSSI COMMENÇA À PRENDRE UNE TOURNURE SÉRIEUSE.
AU FAIT !
COMMENT TU SAIS TOUT CE QUE TU M'AS SORTI L'AUTRE JOUR ?
GLUPS
HEIN ?!
OU PAS ?!

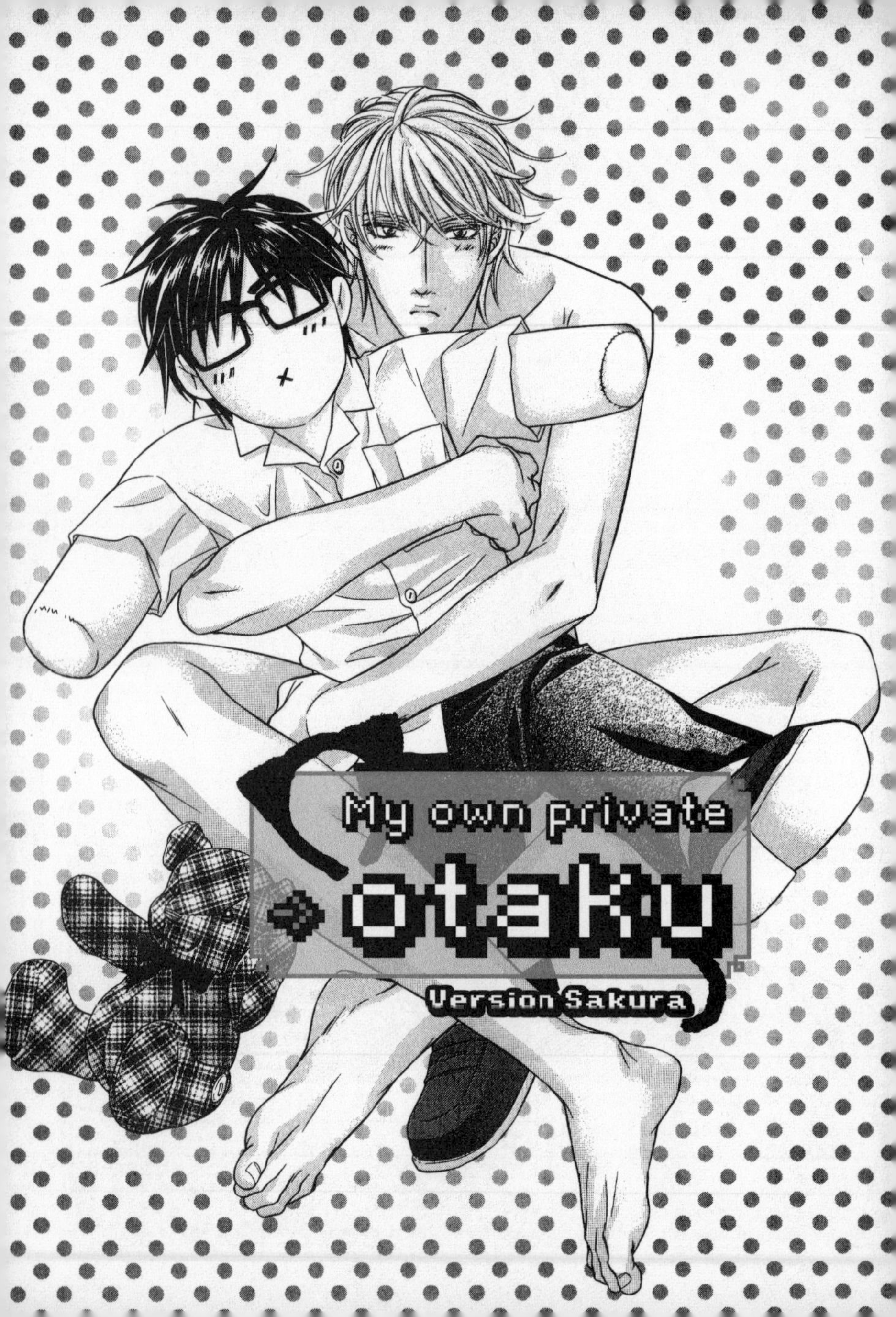
My own private
otaku
Version Sakura

"JE N'AI PAS CHANGÉ...
MA VIE T'EST ENTIÈREMENT DÉVOUÉE"
LORSQU'IL M'A DIT ÇA, MORITA ME REGARDAIT DROIT DANS LES YEUX. J'ÉTAIS TELLEMENT HEUREUX, J'AURAIS PU EN PLEURER.
MAIS ÇA, JE PRÉFÈRE LE GARDER POUR MOI, CAR C'EST EMBARRAS-SANT.
OUVERTURE DU TOURNOI DE SPORT DE BALLE
SAKURA !

PUNG
PUNG
PUNG
PUNG
J'AI !
KRII
POF
JE M'APPELLE SAKURA JUNPEI, J'AI 17 ANS.
C'EST UN PEU PRÉTENTIEUX DE MA PART DE DIRE ÇA, MAIS JE SUIS UN JEUNE LYCÉEN BOURRÉ DE TALENT.

☞ MORITA ÉTAIT TELLEMENT ABSORBÉ PAR LE VENTRE DÉCOUVERT DE SAKURA QU'IL A RÉCEPTIONNÉ LA BALLE AVEC SON VISAGE.

JE VAIS BIEN !
Désolé !
DODOM
ET LUI, C'EST TAKESHI MORITA, MON CAMARADE DE CLASSE ...
ET MON PETIT COPAIN.
IL EST TROP FORT, CE MORITA !
Même quand il se prend une balle, il a la classe !
ON A DU MAL À CROIRE QUE C'ÉTAIT UN OTAKU ASOCIAL AVANT ...
Y a escroquerie !
OUI, AVANT DE SORTIR AVEC MOI, MORITA ÉTAIT UN IN-CONDITIONNEL DES HÉROÏNES D'ANIME.
IL S'HABILLAIT MAL, PORTAIT DES LUNETTES ET NE FAISAIT RIEN POUR SE METTRE EN VALEUR.
C'ÉTAIT LE GENRE DE TYPE QUI TENAIT SES MAGAZINES PORNOS D'UNE SEULE MAIN...
Before

BAM
ARGH
IL EST VRAIMENT CANON POUR UN OTAKU !!
...
Aaah... j'ai pas faim...
C'est trop fatigant...
BLABLA
HÉ, SAKURA !
TU FAIS QUOI, APRÈS ?
Ben ?

Il est où, Sakura ?
Je sais pas...
...
...
HA... AH !
SAKURA ...
HAA

HM
...
HAA
1re — C
MORRA
OUF
...
BRRR
CE CORPS VIGOUREUX COMME JE LES AIME
...
ME DÉSIRE... ET ÇA M'EXCITE
...
GLUP
AH
...
HM...

HAA
HAA...
SAKURA ...
SAKURA ...
HAA...
MORITA, TOI QUI NE CONNAIS QUE MON CORPS...
NE TOUCHE QUE MOI ...
HM...
HAA...
SMACK
SMOUCK
HA ...
HM ...
HAN...
N'ENLACE QUE MOI ...
...
HAA
UGH...

ET NE RÉAGIT QU'À MON CONTACT ...
MORITA...
RAAH !
Ça me colle aux fesses, c'est désagréable !
TCHAAA

JE VAIS DEVOIR ÊTRE SANS CALEÇON TOUT L'APRÈM ...
UGH...
...
ÇA VA PAS, MORITA ?
VAF
!!
EUH ...
Si si...
FUIT
ÇA VA ...

ALLEZ, ON Y VA ...
1re – C SAKURA
POURTANT, MÊME QUAND NOUS SOMMES ENSEMBLE, IL PARAÎT PARFOIS AILLEURS ...
FRÉROT ! À TABLEUH !
TAP TAP TAP TAP TAP
OUAIS !
J'arrive !

VLAM
RAAH !
MERDE !
POF
ÇA M'ÉNERVE DE PAS SAVOIR CE QUE PENSE MORITA !
IL DEVIENT DE PLUS EN PLUS BEAU ...
ET DE PLUS EN PLUS DE NANAS LUI TOURNENT AUTOUR.
RIEN QU'AUJOURD'HUI ...

C'ÉTAIT UNE FILLE PLUTÔT MIGNONNE ...
LE GENRE FRAGILE QUI BAISSE SES YEUX PLEINS DE LARMES...
"DÉSOLÉ, JE SORS DÉJÀ AVEC QUELQU'UN ..."
...
AVANT DE SORTIR AVEC MORITA ...
MA VIE SENTIMENTALE ÉTAIT UN PEU CHAOTIQUE.
JE SORTAIS TOUS LES WEEK-ENDS...
ET JE ME RETROUVAIS À L'HÔTEL AVEC UN MEC QUE JE TROUVAIS PAS TROP MAL... JE PENSAIS QUE ÇA NE SE PASSAIT QUE COMME ÇA...
MAIS AUJOURD'HUI, JE LE REGRETTE ...

"SI JE ME TROUVAIS DANS UNE SITUATION OÙ JE POURRAIS VIOLER UNE JEUNE FILLE INNOCENTE APRÈS L'AVOIR IMMOBILISÉE, JE SUIS MÊME SÛR QUE JE JOUIRAIS PLUSIEURS FOIS."
ÇA M'A TOUJOURS TRACASSÉ …
JE ME DEMANDE SI CE PASSÉ NE GÊNE PAS MORITA …
Ce serait pour ça qu'il agit bizarrement de temps en temps ?
MÊME TOUT À L'HEURE, C'EST UN PEU COMME SI C'ÉTAIT MOI QUI L'AVAIS CHAUFFÉ. SI ÇA SE TROUVE, EN RÉALITÉ, IL N'AIME PAS ÇA …
…
POURQUOI MORITA N'A PAS ÉTÉ MON PREMIER …

GWIF
BIP BIP
BIP BIP BIP
CLAC
ばっ
VAF
TUUU
TUUU
TCHAC
SALUT, SAKURA !
What's up ?
DIS-MOI, NISHINO ...
TU M'AS BIEN DIT QU'IL Y AVAIT PLEIN D'ANIME DANS TON MAGASIN DE LOCATION DE DVD ?

UNE SEMAINE PLUS TARD...
DING DONG
CLAC
ガチャッ
BIENVENUE ! ♡
ズガー
BOBOM
SAKURA... CES LUNETTES ...
HM ?
MA VUE A UN PEU BAISSÉ, DERNIÈREMENT.
J'ai peut-être un peu trop regardé la télé le soir...

ÇA MARCHE DU TONNERRE !!
HU HU
GRIP
HMM
...
TOUS LES SOIRS, J'AI PASSÉ DES NUITS BLANCHES À FAIRE DES RECHERCHES SUR LES BASES DU CHARME DES HÉROÏNES D'ANIME.
N'EN PEUT PLUS
PILE DE DVD LOUÉS
FURIOUS ANGEL
SAILOR WARRIOR
MINKY
NANA
ET VOICI LA TECHNIQUE DES LUNETTES ET DE LA CHEMISE !!
OÙ SONT TES PARENTS ?
HM HM
ILS SONT PARTIS HONORER NOS ANCÊTRES.
MAIS COMME C'EST BIENTÔT LES EXAMENS, J'AI PRÉFÉRÉ RESTER.
TOC..

NOUS NE SOMMES QUE TOUS LES DEUX ...
2E PHASE. LA TECHNIQUE DE L'AGUICHAGE INVOLONTAIRE !!
...
LES JEUNES FILLES INNOCENTES ET SANS DÉFENSE, EXCITENT LES HOMMES SANS QU'ELLES EN AIENT CONSCIENCE !!
Coup d'œil
Vêtements mouillés
KYAH!
On voit sa culotte

SAKURA ...
Mais au fait !
TU DOIS AVOIR FAIM APRÈS TON ENTRAÎNEMENT DU MATIN, NON ?
CE N'EST PAS ENCORE ASSEZ !!
Oui...
C'EST MOI QUI VAIS TE FAIRE À MANGER AUJOURD'HUI ! ♡
ET L'ARME ULTIME !! LA STRATÉGIE DU SERVICE FAIT MAISON !!
TADAAAM
LE PLAN PARFAIT.
Tu... tu vas faire la cuisine ?

HIN...
J'AI RÉUSSI À MAÎTRISER LA RECETTE DE L'OMELETTE AU RIZ !
BRR BRR
がたがた...
SHACK
SHACK
AIE...
JE M'Y SUIS ENTRAÎNÉ D'ARRACHE-PIED TOUTE LA SEMAINE ...
HUM...
OUAAHH !
VOUSH
TU VAS VOIR, MORITA ! TU VAS TROUVER ÇA BON !
GYAAH !
Une coquille !!
DÉLICIEUX MÊME !
HEIN ?!

ガッ
VOSH
!!
WAAH!!
ZOUP
ずるっ
KSHANG
SAKURA !!

SPLAAASH
PLOC
SSHH
PLIC
PLOC
ÇA VA, SAKURA ?!
...

'TAIN !?
J'AI BEAU FAIRE DES EFFORTS, JE RESTE UN HOMME !!
JE NE DEVIENDRAI JAMAIS UNE FILLE PURE ET INNOCENTE COMME TU LES AIMES !
HEIN ?
TU ES DEVENU DE PLUS EN PLUS ATTI-RANT CES DERNIERS TEMPS ...
RIEN QU'À TE REGARDER, J'AI ENVIE DE TOI ...
J'AIME QUAND TU ME TOUCHES ...
ET JE SUIS DU GENRE À TE SAUTER DESSUS PARCE QUE, DÈS QUE TU LE FAIS, J'AI ENCORE PLUS ENVIE DE TOI !

MAIS ÇA NE TE PLAÎT PAS, PAS VRAI ?!
C'EST POUR ÇA QUE TU ES SOUVENT AILLEURS AVEC MOI ...
JE SAIS BIEN QUE JE NE SUIS PAS TON GENRE ET...
GRIP

GRAP
HM ?!
HMM...
NON ...
HUM...
MORITA ...
HM ...
FUH...
SPLITCH...
POUR... QUOI...
HMM ...
URGH...
HM...
GRAP

ARRÊTE DE M'EXCITER …
SES YEUX SONT SINCÈRES ET PLEINS DE DÉSIR …
SI J'AI ÉTÉ UN PEU DANS LE VAGUE …
C'EST PARCE QUE MA TÊTE EST REMPLIE DE FANTASMES TE CONCERNANT …
IL EST EN TRAIN DE ME DIRE QU'IL NE REGARDE QUE MOI…
MAIS COMME JE NE PEUX PAS LES RÉALISER, JE BRÛLE DE DÉSIR POUR TOI …

JE ME FICHE DES FILLES PURES ET INNOCENTES !
C'EST TOI SAKURA ...
IL N'Y A QUE TOI QUI ME METS DANS CET ÉTAT.
JE VOULAIS QU'IL NE REGARDE QUE MOI
ZOUF !!
AH ...

SMACK
SMACK
HM ...
SMACK
AH ...
HM ...
SMOUCK
MOUCK
AH ...
FLITCH
FLITCH
FLITCH
AH ...
HM
MORITA ...
Je...

HAA...
SAKURA ...
SAKURA ...
FLUTCH FLUTCH
...
VITE... PLUS PROFOND ...
!!

FLOUTCH
AAAAH!!
...
POUR MOI, TU ES ADMIRABLE ET MIGNON ...
INNOCENT, MAIS TOUT AUSSI SEXY ...

TU ES MON HÉROÏNE INVINCIBLE.
DÉSOLÉ, MORITA ...
MÊME TES VÊTEMENTS EN ONT PRIS UN COUP ...
HM?

FLAP
!!
EST-CE QUE PAR HASARD CE SERAIT CELUI QUE JE PORTAIS AU TOURNOI ?
C'ÉTAIT POUR ÇA QUE TU ÉTAIS BIZARRE, À CE MOMENT-LÀ !
GWIP
DÉSOLÉ, SAKURA...
Je le voulais vraiment et...
BAM
PSSHH
GRRR
OUAAARGH !!

POURQUOI JE SUIS TOMBÉ AMOUREUX DE CET IMBÉCILE D'OTAKU ...
ENFIN, JE N'Y PEUX RIEN ...
JE L'AIME, C'EST TOUT.

-> INFIRMIÈRE

-> COSTUME PLAY

-> MOE

-> MAID

-> PRÊTRESSE

-> OREILLES DE CHAT

-> LUNETTES

My own private
-> otaku

→ INFIRMIÈRE

→ COSTUME PLAY

→ MOE

→ MAID

→ PRÊTRESSE

→ OREILLES DE CHAT

→ LUNETTES

# My own private otaku

My own private
otaku
Version amour illicite
2
SHMOUCK
HM ...
HAA... HM ...
HM ...
HAA...

HAA...
SAKURA ...
TAKESHI MORITA (17 ANS) AVAIT L'HABITUDE DE SE CONSACRER UNIQUEMENT AUX JOLIES HÉROÏNES D'ANIME. A ENFIN RENCONTRÉ SON VRAI PREMIER AMOUR, QUITTANT AINSI SA CONDITION D'OTAKU.
MORITA...
JUNPEI SAKURA (17 ANS) PREMIER AMOUR DE MORITA, SON CAMARADE DE CLASSE.
APRÈS QUELQUES DIFFICULTÉS, CES DEUX-LÀ SONT DEVENUS UN COUPLE FOLLEMENT AMOUREUX.
HM...
MAIS VOILÀ ...

TiLiLiLiLiT
!!
DÉSOLÉ, SAKURA ...
J'AI DES TRUCS À FAIRE, AUJOURD'HUI ...
!!
...
わた… FLAP
わた FLAP

LA PIRE CRISE QU'ILS PUISSENT AVOIR À TRAVERSER VA POINTER LE BOUT DE SON NEZ ...

My own private
otaku
Version amour illicite

AKIHABARA
miss
MERCI DE VOTRE ACHAT !
BRR ぶる BRR ぶる…
J'AI ENFIN RÉUSSI À L'AVOIR …
LA FIGURINE ÉCHELLE 1/6 DU DIABLOTIN RUSHU ! ♡♡
OBJET COLLECTOR ÉDITÉ EN SEULEMENT 500 EXEMPLAIRES
DEVIL ANGEL

OUI ! EN CE MOMENT, JE SUIS À FOND SUR CE PERSONNAGE DE DIABLOTIN QUI RESSEMBLE À MON SAKURA !!
"QU'EST-CE QU'UN BEAU GOSSE PAREIL FAIT ICI ?!"
L'AVENIR DE L'HUMA
ENTRE LES MAINS D'UN BANAL
N
RUSHU EST UN PERSONNAGE SEXY ET TACITURNE DE LA SÉRIE ANIMÉE "DEVIL♥ANGEL" DIFFUSÉE DEPUIS CET AUTOMNE.
VENU DU MONDE DES DÉMONS – LE DIABLOTIN RUSHU
DE
DEVIL
LE LYCÉEN BANAL – ÉLU PARMI L'HUMANITÉ DAISUKE SUZUKI
DÈS QUE J'AI VU RUSHU POUR LA PREMIÈRE FOIS, J'AI ÉTÉ HAPPÉ PAR SON CHARME ET SA SENSUALITÉ.
À TEL POINT QUE…
JIN NARU
NOUVEAU PRO
DANS LE MAR
DE L'ANIME.
ILLUSTRATE
BEAU ET SE
DEVIL OR ANGEL
TOUS LES JEUDIS À 1H DU MATIN !
HUMANITÉ VA-T-ELLE SURVIVRE OU NON ?
DÉBUTE ICI.
ENVOIENT LEUR

NE TE MÉPRENDS PAS ! Y A PAS MOYEN QUE JE T'AIME, C'EST CLAIR ...
SI JE TE FAIS DU CHARME, C'EST JUSTE PARCE QUE LUCIFER ME L'A DEMANDÉ... C'EST JUSTE POUR ÇA !!
COLLECTION DE GOODIES DE RUSHU
!!
POSTER DE RUSHU
TROP MOÉÉÉÉE !!!!!
TROPHÉE D'AUJOURD'HUI
AVEC SES YEUX DE CHAT ET SES LÈVRES ROSE ET CHARNUES ...
Ce corps si sexy...
ON DIRAIT VRAIMENT SAKURA ...

MAIS SI SAKURA PORTAIT CE COSTUME, LÀ CE SERAIT ...
OH ! À QUOI TU PENSES, MORITA ?!
!!
DODOM
GNIIII

IL N'A PAS ENTRAÎNEMENT CE MATIN CAR LE TERRAIN EST EN MAINTENANCE.
?
Ah ! Euh...
NON, À RIEN !
...
T'ES BIZARRE, EN CE MOMENT...
TU NE ME CACHERAIS PAS ENCORE QUELQUE CHOSE, PAR HASARD ?
GRIP
SAKURA !!

CROIS-MOI, SAKURA !!
DODOM
JE NE PENSE QU'À TOI, TOUT LE TEMPS !!
BOBOM
...
PARDON, SAKURA !!
RAH
CRÊTIN !
DIS PAS ÇA DEVANT LES GENS !!
KYAH
MAIS ÇA N'EST PAS UN MENSONGE !!

!!
CLACLANG
CLACLANG
CLACLANG
CLACLANG
C'EST PARCE QUE RUSHU TE RESSEMBLE ...
Et pour rien d'autre, hein !
Raah ! J'ai chaud !
CLACLANG
CLACLANG
Ah... L'odeur de Sakura...
JE NE TE TROMPE PAS !!
CLACLANG
CLACLANG

?!
DODOM
CLACLANG
CLACLANG
CLACLANG
CLACLANG
CLACLANG
CLACLANG
CLACLANG.
GRIP
HM
...
...
CLACLANG
CLACLANG
GRIP
...
GNN

GRAB
SAKURA ?
!!
DODOM
C'EST MON IMAGINATION ?!
Ou la réalité ?
BOBOM
BOBOM
SA... SAKURA ?
QUE SAKURA SOIT SI MIGNON, AVEC LES JOUES EN FEU ET QU'IL SE TORTILLE COMME ÇA ...
BOBOM
BOBOM
AH !
!!

GRIP
!!
NTERNET
ON
AÏE AÏE AÏE AÏE AÏE !!

ÇA VA PAS LA TÊTE ?!
TU N'AS PAS HONTE DE FAIRE ÇA EN PUBLIC ?
HEIN ?!
Il se passe quoi ? Des attouchements ?
Je...
JE N'AI PAS TOUCHÉ AUX JEUNES FILLES ...
BLA
BLA
BLA
Quelle horreur !
Le train entre en gare de...
Attention à la marche en...
PAF
PSSHH
TAP
TAP

DÉSOLÉ.
IL T'A TOUCHÉ AVANT QUE J'AIE PU L'ARRÊTER.
Tu n'as pas dû te sentir très bien...
Non, ça va...
VOUS M'AVEZ SAUVÉ !
Merci !
AAAH...
MAIS EN Y REPENSANT, JE LUI AURAIS BIEN COLLÉ UNE RACLÉE MOI-MÊME !
PFF,
CE VISAGE...
JE L'AI DÉJÀ VU QUELQUE PART...
!!
VOUS ÊTES L'ILLUSTRATEUR DE GÉNIE QUI A FAIT LE CHARA-DESIGN DE "DEVIL♥ANGEL"...
JIN NARUSE ?!

HEIN ? UNE CÉLÉBRITÉ ?
Trop classe !
CE N'EST PAS GRAND-CHOSE.
Mais je suis flatté que des jeunes comme vous me connaissent !
FAISONS DONC LES PRÉSENTATIONS, JE SUIS JIN NARUSE.
ILLUSTRATEUR FREE-LANCE.
Mais oui !
ÇA TOMBE BIEN, JE VIENS DE RÉCUPÉRER UN GOODIE PAS ENCORE SUR LE MARCHÉ.
SI VOUS LE VOULEZ, JE VOUS L'OFFRE.
Tenez !
MAIS... C'EST...

RUSHU
UN STRAP DE RUSHU (VERSION TENUE D'HUMAIN) !!
GRR
ÔTE-MOI D'UN DOUTE, MORITA ...
IL TE PLAÎT, CE PERSONNAGE ?!
DODOM
どきーん

TAP
AH !
TU AS VU L'HEURE ?!
Dépêchons-nous, Sakura !
HEIN ?!
AH !
HÉ ! MORITA !
On n'a pas fini de parler !
AU REVOIR, MONSIEUR NARUSE !
Et encore merci !
ttends-moi, Morita !
SAKURA, HEIN ?

DING DONG
DING DONG
ARCHIVES DE LA BIBLIOTHÈQUE
PARDON, SAKURA ...
JE N'AI PAS PU TE SAUVER, CE MATIN ...
TU INCARNES TRAIT POUR TRAIT MON RUSHU IDÉAL.

HEURE DU DÉJEUNER DANS LES ARCHIVES DE LA BIBLIOTHÈQUE ♡♡
Idiot ! CE N'ÉTAIT RIEN DU TOUT !
MAIS JE...
J'AI LAISSÉ UN AUTRE HOMME TOUCHER TON CORPS...
ALORS QUE MÊME MOI, JE N'AI PAS ENCORE EU LE DROIT DE TE FAIRE DES CHOSES AUSSI OBSCÈNES.
LE FANTASME DE MORITA "LE SATYRE DU MÉTRO"
... HAA
...

DANS CE CAS ...
HEIN ?!
EFFACE AU MOINS CETTE SENSATION QUE CE PERVERS A LAISSÉE SUR MES FESSES.
TU PEUX BIEN FAIRE ÇA, NON ?
!!
SAKURA... MON PETIT DÉMON !

DODOM
DODOM
HAA...
DODOM
DODOM
GLUPS
HM ...
DODOM
DODOM
LES JAMBES FINES ET FERMES DE SAKURA ...
ET PLUS HAUT ...
HAA
SAKURA ...
HA...
ZOUF
GNN
DODOM
DODOM

...
BRRR
BRRR
GRIP
MOUIC
MOUIC
POUIC
AU FOND, ICI...
AH ...
GLUP
DODOM
HM... HM ...
ZWIF
ZWIF
AH...
...
GLUP
GWIP
HAA
HAA
BAM
STOP, JE...
GWIP
POUIC
Arrête...

MORITA...
BO BOM
SAKURA !!
AH !
GWIP
SAKURA...
SAKURA...
GNUIP
FOUIP
IDIOT... AH !
KH,
BAM

AAH !!
!!
MON RUSHU ...

QU'EST-CE QUE TU VIENS DE DIRE ?!
!!
CE N'EST PAS RUSHU À QUI JE PENSAIS À L'INSTANT ...
C'est parce qu'il te ressemble que je...
Non...
C'EST PAS CE QUE TU CROIS, SAKURA ...
Je ne ...
C'EST JUSTE QUE TU ÉTAIS SI MIGNON ...
Enfin, je...
...
GRR

BAM
!!
TIENS, TU N'AS QU'À TE MASTURBER DEVANT CETTE POUPÉE LE RESTANT DE TES JOURS !!
SALE OTAKU !!
VLAN
TAP TAP TAP TAP TAP
...

ARGH..
SAKURA !!
Bonne soirée !
TAP
TAP
TAP
VLAM
SAKURA !!

SAKURA ...
VIVEMENT LE PROCHAIN ÉPISODE ♥
RETROUVEZ-NOUS POUR LE PROCHAIN ÉPISODE DE DEVIL♥ANGEL ! ♥

CETTE FOIS, J'AI VRAIMENT RÉUSSI À ME FAIRE DÉTESTER DE SAKURA ...
Il ne regarde même pas
...
Et vous, de l'ange ou du démon, lequel préférez-vous ?
MAIS POURQUOI CE MOT A TRAVERSÉ MES LÈVRES ?!
Quel crétin !
Allons manger, Nishino !
Euh... ok...
C'EST PAS COMME SI JE LE TROMPAIS !!
SAKURA ...
SAKURA !
Iida ! On fait les exos ensemble ? ♪
Ça marche !
IL N'Y A QUE SAKURA DANS MA VIE ...

IL N'Y A QUE SAKURA !!
À plus !
Ouais, salut !
MERDE !
ME FAIRE COCU AVEC UN DE SES FANTASMES ...
ÇA ALORS ! SAKURA ?!
HM ?

VLAM
MONSIEUR NARUSE ?!
QU'EST-CE QUI SE PASSE ?!
Trop classe, la caisse !
QU'EST-CE QUE VOUS FAITES ICI ?
JE PASSAIS DANS LE COIN POUR LE BOULOT.
Quelle surprise, je ne pensais pas te revoir !
TU N'ES PAS AVEC TON AMI DE LA DERNIÈRE FOIS ?
GRR
!!
JE VOIS PAS DE QUI VOUS PARLEZ !
On est pas tout le temps fourrés ensemble non plus.
HIN...

DANS CE CAS, QUE DIRAIS-TU DE MANGER AVEC MOI ?
JE ME DISAIS JUSTEMENT QUE CE SERAIT TRISTE DE MANGER SEUL CE SOIR.
BON D'ÉCHANGE
No. 11
POUR UN POSTER EXCLUSIF DE RUSHU
▼ATTENTION :
DEVIL OR ANGEL
MON BON POUR ALLER CHERCHER LE POSTER GRANDEUR NATURE DE RUSHU ...
JE ME FAISAIS UNE JOIE D'ALLER LE RÉCUPÉRER, AU POINT DE FAIRE UNE DEMANDE DE DISPENSE AU CLUB Y A UNE SEMAINE ...
HAA

!!
SAKURA ?!

VRROOUUM
SAKURA ?!

は
TAP
Le bon d'échange
Sakuraaa !!

HM
...
MA
TÊTE
...
CLING
HEIN
?

!!
ZOUIIIIP
ビイイイイ…ッ
TADAAM
DE… QUOI ?!
QU'EST-CE QUE…

J'ACCOMPAGNAIS M. NARUSE POUR DÎNER ET...
ET ENSUITE ...
AAARGH !!
CLANG
カチャッ
AH !
TU AS ENFIN REPRIS CONNAISSANCE ?
MONSIEUR NARUSE !!

C'EST QUOI... CE BORDEL ?!
QU'EST-CE QUE ÇA VEUT DIRE ?!
LES VÊTEMENTS DE RUSHU, ÉVIDEMMENT.
JE SAVAIS QUE QU'ILS T'IRAIENT COMME UN GANT.
GRR
RUSHU PAR-CI, RUSHU PAR-LÀ ...
Y EN A MARRE !
ARRÊTEZ DE ME CONFONDRE AVEC LUI, OK ?!

HIN
QUEL DOUX SON À MES OREILLES.
CRISH
TU AS MÊME SON CARACTÈRE.
BAM
VOUS ÊTES UN OTAKU AUSSI, C'EST ÇA ?!
LÂCHEZ-MOI ! SALE NO LIFE !!
ÇA, JE NE M'Y ATTENDAIS PAS.
NE ME CONFONDS PAS AVEC CETTE BANDE D'INCAPABLES.
KLING

FLAP
FLAP
!!
FLAP
C'EST BEAU, N'EST-CE PAS ?
CE SONT MES ŒUVRES.
EN EXTASE
...
POUR EUX, JE SUIS UN PEU COMME UN DIEU, VOIS-TU.

ET TU ES MA PLUS BELLE RÉUSSITE.
MON RUSHU.
KWIP
DODOM
AH ...
ME TOUCHEZ PAS... SALE PERVERS !
KH !
TES TÉTONS SONT DÉJÀ TOUT DURS.
PUIC
...
JE NE ME SUIS PAS TROMPÉ, QUEL CORPS INDÉCENT TU AS ...
PLIP

!!
ARRÊTEZ !!
CLAC
Qu'est-ce que...
SHLANK
!!

PUIC
C'EST PARFAIT, RUSHU.
HAA...
PUIC PUIC
ON DIRAIT QUE TU Y ES DÉJÀ HABITUÉ, C'EST ENCORE MIEUX QUE CE QUE JE PENSAIS...
CE ROSE PÂLE, CETTE FORME PARFAITE, QUEL MAGNIFIQUE BOURGEON QUE PORTE TON CORPS !
HAA...
NON !!
Arrêt...
NE REGARDEZ PAS...
HA...
DEPUIS LA PREMIÈRE FOIS QUE JE T'AI TOUCHÉ DANS LE MÉTRO...
HAA
J'ÉTAIS OBSÉDÉ PAR LE DÉSIR DE TOUCHER CETTE PARTIE NUE DE TOUT VÊTEMENT...
?!
C'ÉTAIT VOUS, LE SALE PERVERS QUI...

POUSH
AH !
...
?!
QU'EST-CE QUE C'EST, DANS UN MOMENT PAREIL ?!
TOC
TOC
TOC
TOC
JE DOIS DIRE QUE J'AURAIS AIMÉ QU'IL Y AIT UN AUTRE TROU, PAR ICI, MAIS BON ...
CLANG
OUI ?

!!
TU ES...
HAA...
HAA...
JE SAIS QUE SAKURA EST ICI.
AH,
HÉ ! ATTENDS ...

TAP
どたどた…
TAP
SAKURA ?!
バターンッ
VLAN
SAKURA ?!

BOBOM
MORITA …
!!
JE N'AI PLUS LE CHOIX …
JE VOULAIS LE GARDER POUR MOI TOUT SEUL, MAIS TANT PIS.
IL EST GÉNIAL, NON ? IL EST L'INCARNATION PARFAITE DE RUSHU.

SES YEUX DE CHAT, SA MORPHOLOGIE, TOUT.
QU'EN PENSES-TU ? TU ES D'ACCORD, NON ?
TOI QUI AIMES LES FILLES EN DEUX DIMENSIONS, TU AS DÉJÀ DÛ RÊVER D'Y JOUER, N'EST-CE PAS ?
NON ...
HUMPF
"LE JEU DE LA TOURNANTE" ?
!!
RUSHU EST UN DÉMON, APRÈS TOUT.
REGARDE, MÊME SI SA BOUCHE DIT NON, C'EST TELLEMENT TREMPÉ ICI, QUE SON CORPS, LUI, EN A ENVIE ...
...
NE REGARDE PAS, MORITA !
AH !

NE ME... REGARDE PAS...
!!
NE TOUCHE PAS À SAKURA !!

SHBAM
!!
SAKURA N'EST PAS RUSHU !!

IL EST L'HOMME QUE J'AIME PLUS QUE TOUT !!

LA PREMIÈRE FOIS QUE TU M'AS SAUTÉ DESSUS ...
ON ÉTAIT À L'INFIRMERIE ET TU ME SOIGNAIS COMME EN CE MOMENT ...
HOU
TU DOIS EN AVOIR MARRE DE MOI, NON ?
...
GLUPS
!!

J'ÉTAIS TELLEMENT ÉNERVÉ QUE POUR TE RENDRE JALOUX, J'AI ACCEPTÉ SON INVITATION ET JE L'AI SUIVI COMME UN TOUTOU ...
JE SUIS VRAIMENT PAS EN POSITION DE TE REPROCHER QUOI QUE CE SOIT !!
...
BAM
PARDON, SAKURA !!
TOUT EST DE MA FAUTE !!

JE T'AI ASSIMILÉ À RUSHU ET JE N'AI PAS PENSÉ À CE QUE TU POUVAIS RESSENTIR ...
!!
JE PENSAIS À DES TRUCS COMME "SAKURA SERAIT TROP SEXY EN TENUE DE RUSHU" ...
OU "SI SAKURA POUVAIT ME DÉCLARER SA FLAMME COMME ÇA, CE SERAIT LE BONHEUR" ...
JE N'AI PAS ARRÊTÉ DE FANTASMER SUR DES SITUATIONS D'ANIME DANS LESQUELLES JE VOULAIS TE VOIR ...
JE SUIS MÊME DEVENU DINGUE EN TE VOYANT DANS CES VÊTEMENTS ...
J'ÉTAIS COMME PARALYSÉ !!
ALORS QUE TU SOUFFRAIS ...

JE NE VAUX PAS MIEUX QUE CELUI QUI T'A FAIT DU MAL !!
...
IDIOT DE MORITA ...
!!
BAM

TU N'AS RIEN À VOIR AVEC CE SALE PERVERS !!
TOI, À L'INVERSE DE LUI, TU NE VEUX PAS ME CHANGER, PAS VRAI ?
TU M'AIMES POUR CE QUE JE SUIS, NON ?
!!
BIEN SÛR !!

TU ES TOUT CE QUE JE VEUX !
LE PLUS IMPORTANT POUR MOI, C'EST TOI !
GRIP
IL N'Y A QUE LE SAKURA ORIGINAL À MES YEUX !
MORITA ...
HM ...
HMP

HM ...
HMPF
HAA ...
HM
HAA ...
HM ...
JE T'AIME, SAKURA...
"SI JE ME TROUVAIS DANS UNE SITUATION OÙ JE POURRAIS VIOLER UNE JEUNE FILLE INNOCENTE APRÈS L'AVOIR IMMOBILISÉE, JE SUIS MÊME SÛR QUE JE JOUIRAIS PLUSIEURS FOIS."
HAA
HAA
JE N'AI JAMAIS RESSENTI ÇA POUR LES HÉROÏNES D'ANIME ...
JE NE FERAI PLUS JAMAIS PLEURER SAKURA.

SAKURA …
TES VÊTE-MENTS …
HA
HAA
…
HAA
GRIP
C'EST BON… FAISONS-LE AVEC…
TU VOULAIS LE FAIRE AVEC MOI HABILLÉ COMME ÇA, NON ?
BOBOM

...
UGH
MAIS POUR QUE TU ARRÊTES DE PENSER À CE PERSONNAGE D'ANIME ...
ALORS ...
JE VAIS TE FAIRE DES CHOSES COCHONNES QUI DÉPASSENT TOUS TES FANTASMES ...
HEIN ?
CLANG CLANG
ZIIIP
HEIN ?!

!!
QUE...
?
HUM... UGH...
MOUIC
SLURP
URGH !
GLUPS
SWIF
KH
HAA...
SLUTCH
SLOTCH
SAKURA ...
KH
SLUTCH
Ses ailes battent...

SLUTCH
SLUP
SLURP
DODOM
!!
HM...
...
BRR BRR
DODOM
HAA
HAA
DODOM
SLUP
DODOM
SLUP
SLUP
SAKURA !!
GRAP
AH ?!

AH... HM...
SLURP
SLURP
HM...
SLURP
AH !
BRR
BRR
GLURP
SLURP
ATTENDS ...
Morita... Ah !
Ça... ME SERRE ...
CLING
TCHAK TCHAK
!!

VITE... JE VEUX LA SENTIR EN MOI ...
HAA...
CE SOIR, TU PEUX JOUIR EN MOI AUTANT QUE TU VEUX ...
GRIP
SAKURA ...
AH !
...
HM..
FLOUTCH
FLOUTCH
FLOTCH

AH ...
GNN
AAAH ...
GRAP
...
HUM...
HAA...
JE VEUX PRENDRE SOIN DE SAKURA ...
HAA...
SHH
JE VAIS PRENDRE SOIN DE TOI, SAKURA ...

JE NE LAISSERAI PLUS JAMAIS PERSONNE TE TOUCHER ...
JE FERAI TOUT ...
POUR TOUJOURS TE PROTÉGER ...
IDIOT ...
NE T'Y CROIS PAS TROP.

AAAAH ...
DEPUIS CE JOUR ...
DILILILING
JE ME SUIS FAIT LA PROMESSE DE PROTÉGER SAKURA ET DE RESTER PRÈS DE LUI LA MAJORITÉ DU TEMPS.
PENDANT LES TRAJETS
PENDANT LE DÉJEUNER
Fait aaah ! ♡
PENDANT LES PAUSES
IDIOT !
POUIC

POURTANT …
LE VRAI PARI ÉTAIT BASÉ SUR LE CHOIX QUE TU ALLAIS FAIRE, RUSHU.
ESSAIE DE COMPRENDRE LE MONDE DE MORITA
…
L'AVENIR DE L'HUMANITÉ DÉPENDAIT DE L'AMOUR QUE TU ÉPROUVERAIS OU NON POUR CET HUMAIN, DAISUKE SUZUKI. TON AMOUR, C'ÉTAIT LA CLÉ.
C'EST DE TA FAUTE SI JE SUIS DEVENU HUMAIN !
JE NE TE PARDONNERAI PAS SI TU NE M'AIMES PAS POUR TOUJOURS !
!!
DODOM
JE SAIS QUE JE NE POURRAI PAS CHANGER …
JE NE POURRAI PAS M'ARRÊTER D'ÊTRE UN OTAKU …
HUM
GRIP
WAH ?!

"JE NE TE PARDONNERAI PAS SI TU NE M'AIMES PAS POUR TOUJOURS !"
MAIS JE SENS QUE JE SUIS DE PLUS EN PLUS UN "OTAKU DE SAKURA".
!!

DEVIL
OR
ANGEL
Tous les jeudis à 1h du matin
sur Libre Channel –
Une série à succès !!
QUEL SERA
L'AVENIR DE
L'HUMANITÉ
?!
IL REPOSE
SUR LES
ÉPAULES
D'UN BANAL
LYCÉEN !
© mugen production / mmb / libre channel

My own private otaku

TADAAAM
My own private otaku
Version kotatsu
TROP BIEEEN !!
UN KOTATSU ! J'ADORE LES TABLES CHAUFFANTES !!
JUNPEI SAKURA (17 ANS)
CAMARADE DE CLASSE ET PREMIER AMOUR DE MORITA. ACTUELLEMENT, ILS SONT EN COUPLE.
TAKESHI MORITA (17 ANS)
AVAIT L'HABITUDE DE SE CONSACRER UNIQUEMENT AUX JOLIES HÉROÏNES D'ANIME.
A ENFIN RENCONTRÉ SON VRAI PREMIER AMOUR, QUITTANT AINSI SA CONDITION D'OTAKU.

HAAA ! ÇA RÉCHAAUFFE !!
Vraiment, un Kotatsu en hiver, c'est le pied !
ET SI TU ME REJOIGNAIS ?
VISION DE MORITA LE JOLI AMANT DANS UN APPART DE PAUVRE
SAKURA EMMITOUFLÉ DANS UN KOTATSU... MOEEEE !!
DODOM
EUH... OUI...
HUM...
HIII ?!
C'est froid !
DODOM

HÉ HÉ !
TES JAMBES SONT TOUTES CHAUDES ! ♡
QU'EST-CE QUE...
DES COCHONNERIES SOUS LE KOTATSU : UN DE MES FANTASMES ! ♡♡
GLOUPS
SST
!!
...
SST
HM
DODOM DODOM
HI HI
FRSH
!!

FRSH
FRSH
WAH !!
SAKURA ?!
ATT...
CATCHAK
TCHAK
ATTENDS ...
HMM...
HM...
FLAP
BRR
BRR
AH ...
KH !
DODOM
DODOM
DODOM
SLUTCH
SLUTCH
SAKURA ...
HAA
KH ...
SLOUTCH
HM

HAA...
HAA...
HAA...
FUAAAH,
MORITA... C'ÉTAIT BON ?
GRAP
!!
ARGH!
SAKURA !!
WAH !!
SMOUTCH
HMM...

SCHUK
TCHUK
HM...
HM..
HAA...
AH..
SHUCK
HMFF...
AH
SMOUTCH
HM...
CRAK
TCHAK
TCHAK
...
FU..
HMM...

HAA
TES TÉTONS ...
ILS POINTENT DÉJÀ ...
Cré... crétin !!
C'EST À CAUSE DU FROID ...
SLUUURP
AH !!
BRR
HM ...
MORITA ...
KH
TCHU
AH ...
TCHU
TCHU
HAA
SLUURP
...
SLUTCHU
HMM ...

GWIP
QUE TU ES MIGNON, SAKURA ...
SAKURA ...
HAA
GWIP
TCHUK
KUTCHUK
AH !!
GWIP
PARDON, SAKURA ...
J'AI TACHÉ TON PANTALON AVEC MON ...
FRSH
HEIN ?!
N'Y TOUCHE PAS... AH !
AAH !!
DODOM
DODOM

HEIN ?!
POUITCH
HAA...
HAA... HA...
TU...
JE T'AI FAIT JOUIR JUSTE EN SUÇANT TES TÉTONS ...
HAA
FRSH
WAAAAH !
Ne...
IDIOT !!
GRIP
NE DIS PAS N'IMPORTE QUOI...
AH !

TU ES TROP MIGNON, SAKURA ...
TU T'ES LAISSÉ ALLER JUSQU'ICI ...
IDIOT ...
AH..
POUITCH
POUITCH
GNUP
AH ...
HAA..
C'EST FOU ...
HAA..
MON DOIGT EST RENTRÉ SI FACILEMENT ...
FLITCH
POUITCH
AH..
TU TE CONTRACTES ...
...
Je...

FLITCH
JE PEUX LA RENTRER EN TOI, SAKURA ?
HAA...
TE...
TE SENTIR FRÉMIR SUR MON DOIGT... JE N'EN PEUX PLUS
HAA...
BANG
AÏE ...
MORITA... MES JAMBES !!
HAA...
HA
BANG
HAA
MES JAMBES SONT COINCÉES ...
BANG
AÏE

CLANG
AH !
GRIP
FLOUUTCH
FLOTCH
GNN ...
HUMM ...
GNN
AAH... GH...
...
BANG
FLOTCH
AH ...

BANG
BANG
AH... HM ...
BANG
BANG
JE... AH...
AH.
AAAAAH!!

ET SI TU ME REJOI-GNAIS ?
URGH !!
DODOM DODOM
WAH-
HÉ ! MORITA !
Qu'est-ce que tu as ?!
BRR
!...
AU PLUS PROFOND DE SA CONSCIENCE, MORITA SE FIT UNE PROMESSE :
"CET HIVER, ON ACHÈTE UN KOTATSU !!"
EN TRAIN DE JOUIR PAR SON FANTASME
BRR
...

## POSTFACE ☞

BONJOUR, C'EST YOU HIGASHINO !
VOICI LE TOME 2 DES AVENTURES DE NOTRE OTAKU MORITA ET DE SON AMOUREUX SAKURA, PLUTÔT MOE, NON ? (RIRES) MERCI D'AVOIR SUIVI LES FANTAISIES DE MORITA JUSQU'ICI. ♪ C'EST GRÂCE À VOS LETTRES D'ENCOURAGEMENTS ET AUX RÉSULTATS D'ENQUÊTE DU MAGAZINE QUE J'AI PU CONTINUER CETTE HISTOIRE ! MERCI BEAUCOUP BEAUCOUP BEAUCOUP ! ♥
DANS LE PREMIER TOME, MORITA A UN PEU ÉVOLUÉ AU NIVEAU DES SENTIMENTS AMOUREUX, MAIS CETTE FOIS, CE SONT SES FANTASMES ET SON CARACTÈRE D'OTAKU QUI VONT LE METTRE DANS DES SITUATIONS CRITIQUES, ET CE POUR LE FAIRE ÉVOLUER ENCORE PLUS, ♥ QUE CE SOIT AU NIVEAU DU COSPLAY DE NINJA, DE DÉMON, DES SITUATIONS UN PEU BIZARRES -> DU SEXE DANS LES TOILETTES -> DU SEXE SOUS UN KOTATSU, TOUS LES FANTASMES DE MORITA SE RÉALISENT ! (RIRES)
MAIS RASSUREZ-VOUS, IL A ENCORE D'AUTRES CORDES À SON ARC, C'EST LOIN D'ÊTRE FINI ! (C'EST CHAAAUD !!) J'AIMERAIS POUVOIR METTRE EN SCÈNE ENCORE PLEIN D'AUTRES DE SES FANTASMES, DONC POUR NE PAS PERDRE CES DEUX-LÀ DE VUE, VOS ENCOURAGEMENTS ET VOS SUGGESTIONS ME SONT D'UNE AIDE PRÉCIEUSE !
JE COMPTE SUR VOUS ! ♥
MERCI. ♥
À MON RESPONSABLE MAGAZINE QUI NE CESSE DE M'ENCOURAGER À RAJOUTER DES ÉLÉMENTS DE PLUS EN PLUS MOE, M. YAMADA, À MON RESPONSABLE LIVRE QUI A FAIT DE CE VOLUME UN TRÈS BEAU TOME RELIÉ, M. SATO, JE VOUS DIS MILLE MERCIS !
ET À MES ASSISTANTS QUI DONNENT TOUT CE QU'ILS ONT : Y-URA, K-MURA, U-NO, Y-DA, MES AMIS, UN ÉNORME MERCI ! ♥♥ VOUS M'INSUFFLEZ L'ÉNERGIE DE DESSINER ET DE CONTINUER !
ET ENFIN, À VOUS QUI M'ENCOURAGEZ, QUI M'ACCOMPAGNEZ À CHAQUE INSTANT, JE VOUS DÉDIE CE TOME QUI A PU SORTIR SANS ENCOMBRE ! JE VOUS SUIS TRÈS RECONNAISSANTE ET JE FERAI DE MON MIEUX POUR DESSINER ENCORE PLUS DE SITUATIONS MOE. ♥

YOU HIGASHINO

⇩

ET VOICI UN PETIT BONUS, AMUSEZ-VOUS BIEN !

## ☆ BONUS ☆

POURQUOI IL FAUT QUE JE ME RETROUVE AVEC CET ACCOUTREMENT ?
FAIT PAR MORITA - COSPLAY DE L'ANGELOT ANGU - POUR SAKURA
SAKURA... ÇA TE VA TROP BIEN !
BRR
BRR
ON DIRAIT VRAIMENT UN ANGE...

BLUSH
IDIOT… PAS DU TOUT !
GRIP
AH ?!
BOM
!!
DE DOUCES AILES BLANCHES …
DES PETITS TÉTONS FRÉMISSANT SOUS LE CUIR BLANC …
UNE JUPE LÉGÈRE EN DENTELLE QUI SE SOULÈVE AU MOINDRE MOUVEMENT POUR LAISSER ENTREVOIR PLUS HAUT …
LES BAS QUI BRILLENT AVEC ÉCLAT …

HAÁ
...
NON...
ATTENDS ...
FINALEMENT, JE...
FLAP
ET ENFIN, LA COULEUR BLANCHE DU TISSU QUI S'ALLIE PARFAITEMENT À LA PEAU DOUCE ET SOUPLE DE SAKURA...

…
GLUPS
NE REGARDE PAS, MORITA …
JE SUIS UN HOMME… TU DOIS TROUVER ÇA RÉPUGNANT QUE JE PORTE DES SOUS-VÊTEMENTS DE FILLE, NON ?
WOOH !!
HÉ !!
MORITA ?!
À CAUSE DE LA RÉACTION DE SAKURA,
AINSI DÉGUISÉ EN ANGE, QUI FUT AU-DELÀ DE SES ESPÉRANCES,
MORITA EST MORT D'UNE OVERDOSE DE MOE…
DING
GAME OVER ♡

Mio Tennohji
Egoistic Blue
COLLECTION
MAGAZINE
BE×BOY
DISPONIBLE EN VOLUME RELIÉ
LE 05/12/2012 !
C'EST UN
ONE-SHOT !
© MIO TENNOHJI / LIBRE PUBLISHING CO., LTD.

Dessin
Tohru Kousaka
Scénario
Hitoyo Shinozaki
JOKER IN THE PACK.
© 2011 TOHRU KOUSAKA / HITOYO SHINOZAKI / GENTOSHA COMICS INC., TOKYO.
HENSHIN DEKINAI
(TITRE PROVISOIRE)
ONE-SHOT DISPONIBLE
LE 19/12/2012 !

Crimson Spell
Ayano Yamane
CRIMSON SPELL
TOME 3 DISPONIBLE
LE 19/12/2012 !
© 2005 AYANO YAMANE / TOKUMASHOTEN

Dramatic Maestro
Waka Sagami
© WAKA SAGAMI / LIBRE PUBLISHING CO., LTD.
COLLECTION
MAGAZINE
BE×BOY
TOME 1 DISPONIBLE
LE 09/01/2013 !

© SHUNGIKU NAKAMURA 2003 / KADOKAWA SHOTEN PUBLISHING CO., LTD.

JUNJO ROMANTICA

TOME 11 DISPONIBLE
LE 16/01/2013 !

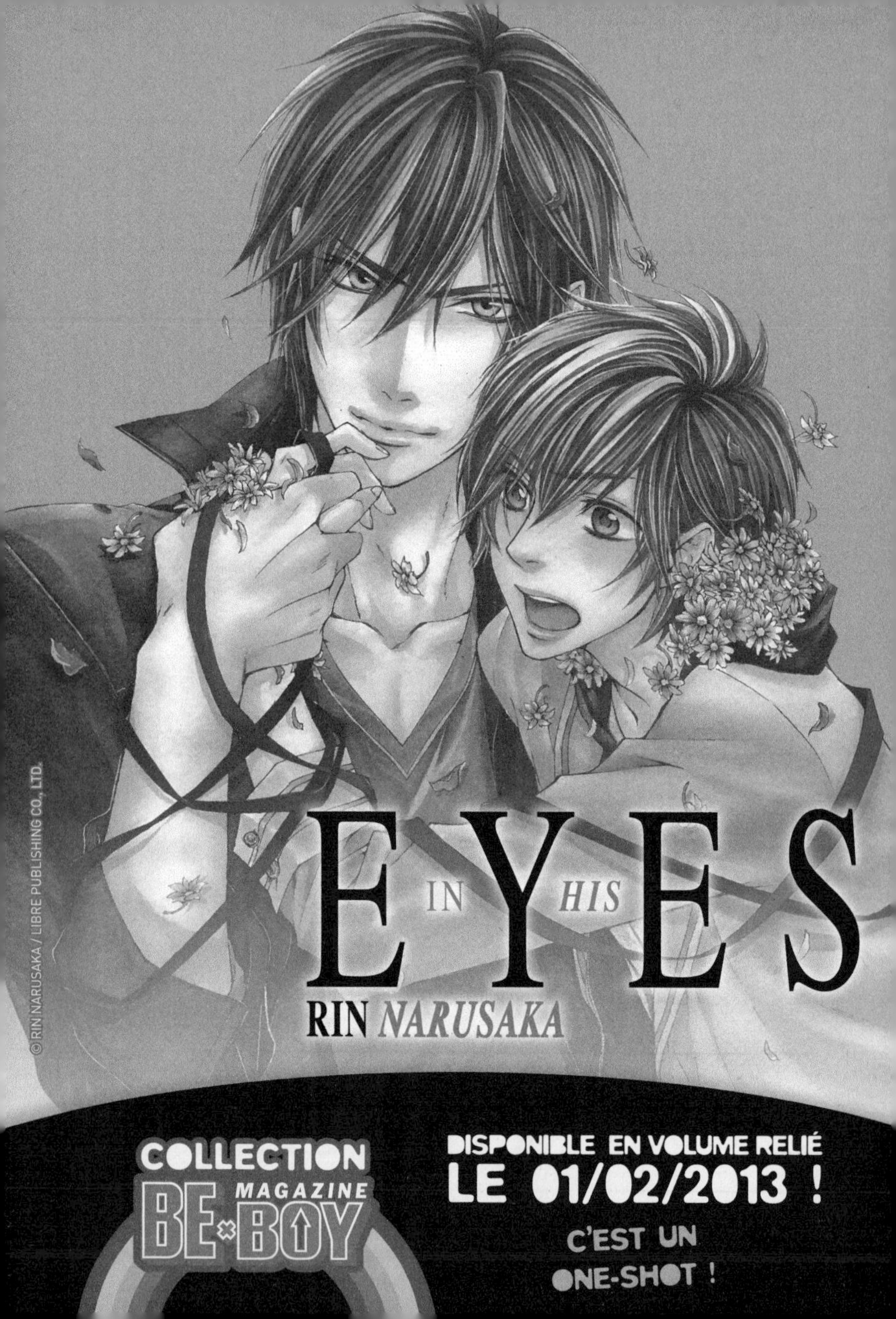
IN HIS EYES
RIN NARUSAKA
© RIN NARUSAKA / LIBRE PUBLISHING CO., LTD.
COLLECTION
MAGAZINE
BE×BOY
DISPONIBLE EN VOLUME RELIÉ
LE 01/02/2013 !
C'EST UN
ONE-SHOT !

PUNCH UP
SHIUKO KANO
COLLECTION
MAGAZINE
BE×BOY
3 TOMES DISPONIBLES
EN LIBRAIRIE !
SÉRIE EN COURS
© SHIUKO KANO / LIBRE PUBLISHING CO., LTD.

His FavOrite
Suzuki Tanaka
© SUZUKI TANAKA/LIBRE PUBLISHING CO., LTD.
COLLECTION
MAGAZINE
BE×BOY
3 TOMES DISPONIBLES
EN LIBRAIRIE !
SÉRIE EN COURS

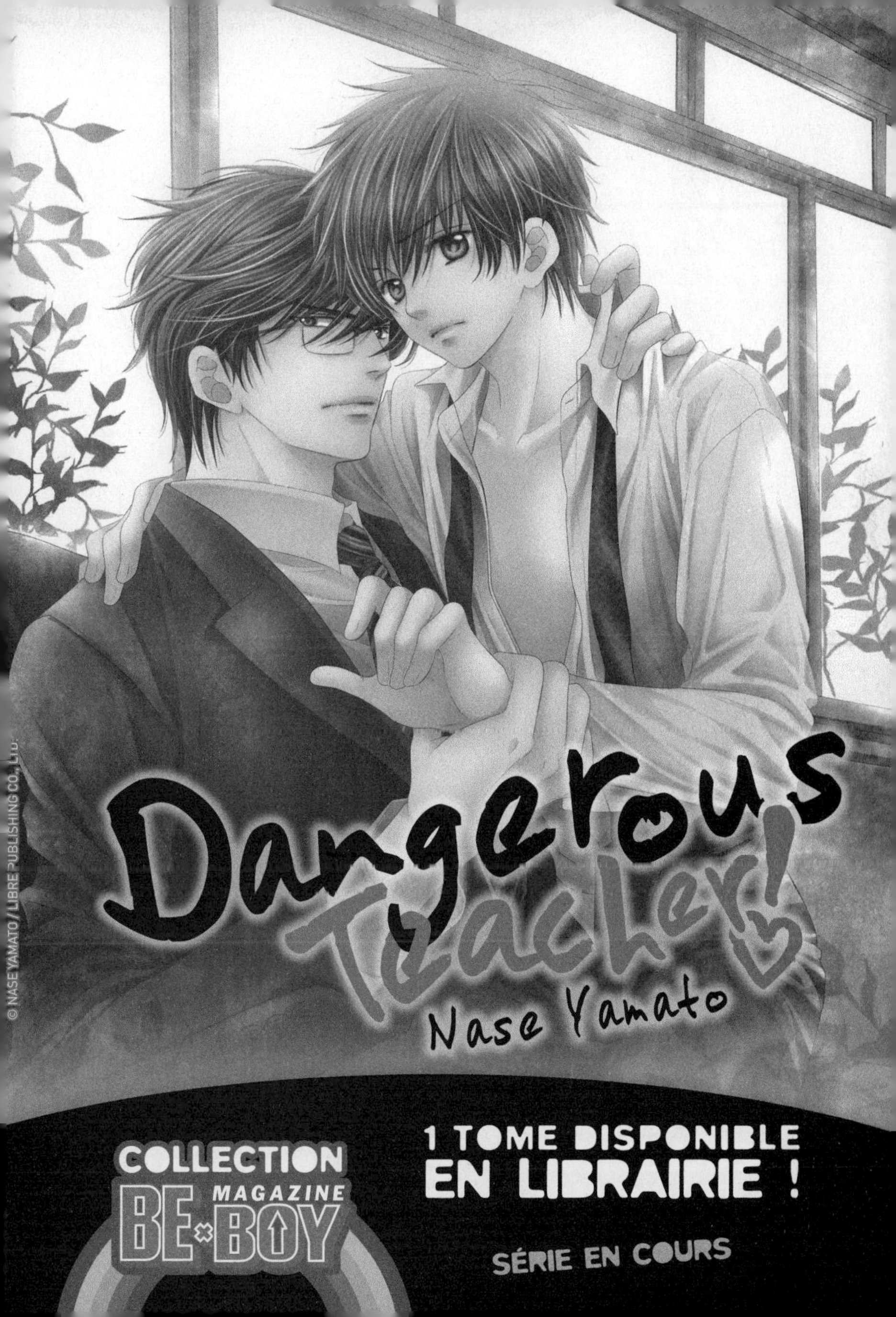
© NASE YAMATO / LIBRE PUBLISHING CO., LTD.
Dangerous Teacher!
Nase Yamato
COLLECTION
MAGAZINE
BE×BOY
1 TOME DISPONIBLE
EN LIBRAIRIE !
SÉRIE EN COURS

HINAKO TAKANAGA
Silent LOVE
COLLECTION
MAGAZINE
BE×BOY
3 TOMES DISPONIBLES
EN LIBRAIRIE !
SÉRIE EN COURS
© HINAKO TAKANAGA / LIBRE PUBLISHING CO., LTD.

Tsuta Suzuki
My Demon and me
COLLECTION
MAGAZINE
BE×BOY
5 TOMES DISPONIBLES
EN LIBRAIRIE !
© TSUTA SUZUKI / LIBRE PUBLISHING CO., LTD.

# Cho Maniakku ni aishite ♡

© YOU HIGASHINO 2008

Originally published in Japan in 2008
by Libre Publishing Co.,Ltd.Tokyo French
translation rights arranged
with Libre Publishing Co.,Ltd.Tokyo
through TOHAN CORPORATION,Tokyo

Libre

Édition française
ASUKA
45 rue de Tocqueville 75017 Paris
www.kaze-manga.fr

**DIRECTEUR ÉDITORIAL**
Raphaël Pennes
**TRADUIT DU JAPONAIS PAR**
Julia Brun (Blackstudio)
**SUPERVISION ÉDITORIALE**
Yumena Miyanaga

**LETTRAGE & MAQUETTE**
Digital Manga
**SUPERVISÉ PAR**
Saloua Okbani

**DIRECTION ARTISTIQUE**
Sébastien Rost
**DESIGN**
din
**RESPONSABLE DE FABRICATION**
Julie Baudry

Achevé d'imprimer en CE
en novembre 2012
Dépôt légal : Novembre 2012

# Merci ! de votre soutien !

**En achetant ce livre,**
**vous avez contribué à soutenir la création et l'édition de mangas.**

Cela a permis de rémunérer l'ensemble des acteurs de la chaîne du livre, de l'auteur sans qui ce manga n'existerait pas jusqu'au libraire qui vous l'a conseillé.

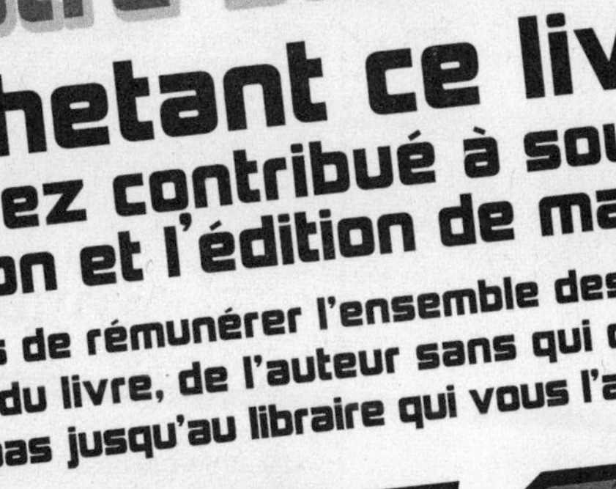

W0467280

TOUS pour le MANGA

**Sans vous, rien n'est possible,**
alors pour en apprendre davantage sur les défis auxquels votre industrie fait face, rendez-vous sur
**www.facebook.com/touspourlemanga**